촛불마을

이종하

촛불마을

이종하 시집

차례

제1부

제2부

제3부

제4부

제1부

물구나무

내 삶은 시집처럼 얄팍하네
내 삶은 수첩처럼 작네
내 삶은 블록처럼 우직하네
내 삶은 겉만 있고 속이 없네

나는 물에 거꾸로 서 있는 나무
삶이라 불리 우는 것들조차도
그 반대편에서 어처구니없게
물구나무로 거꾸로 서 있네

나는 연못 위 제자리에서
끊임없이 원을 그리는 무당벌레
진언(眞言) 언저리를 돌고 또 도는 내 생애가
호두알처럼 처연하게 으깨어지는 파열음을
들었을까

아아, 이제 난 더 이상 물구나무를 서지 않을래

겉만 있고 속이 빈 삶을 원래 자리로 돌려놓고
겉을 비우고 잘 익은 알곡으로 속을 채울래

미소

저기 저 무심한 산자락의
보랏빛 꽃망울들이
먼 계절의 너울을
돌아 나올 때까지는
아무래도
쉽게 열리지 않을 것 같다

계절은
또 다른 계절의 등에 업혀
산을 넘으니
가파른 기슭에서
넘어졌다 일어서기를 반복하는
고단한 사내의 발걸음을
보고도 못 본 척하지는 않으리라

저기 저 무심한 산자락의
앙 다문 보랏빛 꽃망울들이

계절의 너울을 돌아 나와

천만 겁 가슴속의 번뇌

속속들이 열어 보이기 전까지는

저 홀로

꽃으로 피어나지는 않을 것 같다

어머니의 바람

낡은 맥고자를 쓴 아낙이
저녁노을을 등지고
쪼그리고 앉아서
바람을 일으키고 있다
두 손으로 키를 잡고
밭에서 수확한 잡곡의
알맹이와 쭉정이를 걸러낸다

살랑살랑 키를 까부를 때마다
키는 부채가 되고
그녀의 손에서는 바람이 인다
속이 찬 알맹이는 키 밑에 떨어져 수북이 쌓이고
속이 빈 쭉정이는
바람에 날려 조금 떨어진 거리에 가 쌓인다

쭉정이는 버리고
속이 찬 알곡만을 골라서 그녀는

저녁밥상에 올려 식구들에게 먹일 것이다
강퍅하기로 소문난 제주도 바람이지만
그녀의 손바람보다는 약하다

어머니
지금도 저승에서
미욱한 자식 위해
쉼 없이
바람을 일으키고 계실 어머니

어머니

질경이처럼 살다가
내 어머니
산비탈에 호젓이
잔디 덮고 누우셨다

보고픈 새끼 얼마나
극악한 그리움에 사무쳤는지
산딸기 아카시아
가시덤불 마저
젖가슴에 묻고 누우셨다

만나고 돌아서면 또
질기게도 쑥쑥
무성히 돋아나는 기다림
엉거주춤 까치발을 하고 누우셨다

용오름

당신이 보고 싶을 때
바다 앞에 섭니다
은빛 비늘로 출렁이는 아침바다에
붉은 해가 떠오르면
내 눈길이 끝나는 수평선 위로
당신의 얼굴이 낚시찌처럼
바람 따라 가뭇없이 오르락내리락 합니다
그렇게 자맥질하다가,
낡은 고깃배 한 척이랑 당신을 몽땅 집어삼키고도
무덤덤한 바다
지금은 어느새 당신만큼 다 큰 아들 녀석이
수족처럼 아끼던 당신의 고깃배 대신에 외항선을 타고
태평양이며 대서양 무시로 넘나들다가,
아주 가끔
기적처럼 용오름을 만난다고
죽은 바다가 불시에 물구나무로
하늘 높이 일어서는 물기둥을 본다고

잠든 당신 나라의 안부를 전합니다.
신기하게도 그 때마다
내가 간밤 꿈에 당신 바다에 다녀온 날이더군요
망망대해가 하늘 끝까지 성이 나
바다 깊이 당신을 수장시킨 바로 그 날
당신은 물기둥처럼 온몸을 일으켜 나를 향해 서 있
더라고
눈부시게 찬란한 무지개를 펼쳐 보이더라고
전하더군요

청춘

그 때는 정말 모두가 어질어질 취한 상태였지
젖 먹던 힘까지 쥐어짜던
허기 든 봄이 온 천지를 먹어치우고
갓난애 배내똥 같은 꽃봉오리를 나뭇가지마다 묻혀
놓고
얼어붙은 세상을 눈부신 꽃동산으로 만들어
꽃 피우는 것만이 능사인줄 알았던 때

갈팡질팡 갈 짓자 걸음으로
쇠똥구리처럼 가파른 언덕을
뒷발로 봄을 밀어올리고
청춘을 구석구석 채우기 위해 안달하던 때
눈 깜짝하는 사이
그렇게 정말 봄은 저만치 물러갔지

봄이 다시 오리라 믿는 사람은
이제 아무도 없다, 정작 봄이 왔을 때

우린 어질어질 취하기만 했지
갓난애 배내똥 같은 꽃봉오리를 나뭇가지마다 묻혀
놓고
얼어붙은 세상 눈부신 꽃동산이 되게
그 때는 정말 꽃피우는 것만이 능사인줄 알았어

촛불마을

촛불마을에 다녀왔습니다 여기저기 발걸음하다가 딱히 갈 곳이 없을 때 왜 제일 만만하게 찾아가고 싶은 곳 있잖아요 내게 그런 곳이 무덤 같은 촛불마을이었습니다 큰 산 아래 학이 날개를 활짝 펴고 마을로 내려오는 바람을 막아주는 아늑하고 양지바른 마을,애초에 세상에 실패한 어느 걸인이 하나 흘러들어 초막을 짓고 운명과도 같은 자신의 어둠을 추스르며 살았는데 그 마음이 어찌나 간절하고 한결같던지 그의 앞을 막아선 어둠들이 서서히 물러나고 성취자가 되었다고 회자되는 마을, 원래 산수유가 많은 마을이었는데 그때부터 촛불마을로 알려진 유래가 있는 마을입니다. 입소문을 타고 마을 이름이 전파되자 곳곳에서 사랑에 실패한 사람, 부모자식지간에 실패한 사람, 사업에 실패한 사람, 까닭없이 새끼줄처럼 삶이 꼬이는 사람 괴물같은 세상에 실패하고 삶에 절망하고 살아가는 하나같이 외롭고 쓸쓸하게 길가에 버려진 난민들 아픔 많고 슬픔 많은 사람들의 집성촌입니다 탄식과 한숨이 멈출 날 없는 마을, 그래도 매년 이른 봄이 오면 동네 골목골목에 성취자가 심었다는 아름드리 산수유나무들은 백만 송이의 꽃망울을 터트렸고 눈앞에 막아선 어둠을 향해 활활 타오르는 산수유 꽃을 피웠습니다 그리고 가을, 아아 그들의 슬픈 소원은 마침내 나뭇가지마다 주렁주렁 발갛게 잘 익은 산수유 열매로 열렸습니다

촛불

골목마다 어린 가슴들
꽃 대신에 촛불
하나씩 들고 나와
얼음 녹듯 한데 엉겨 녹아서
강이 되어 흘렀다
빛 앞에 주춤주춤 물러서는 어둠
눈에 보이는 어둠은 어둠이 아니다
눈에 보이는 조국은 너의 조국이 아니다
보이는 것보다 엄청나게 더 큰 어둠이
흔들리는 촛불을 막아선다
굳은 몸으로는 어둠을 이기지 못한다
흔들려도 좋으니
얼음 녹듯 한데 엉겨 녹아서
강처럼 막힘없이 흘러라
보이지 않는 어둠이 네가 가야 할 길
흔들리는 건 너의 서원誓願이 아니다
강물 위에 꽃잎 떠 흐르듯

꽃 대신에 촛불 하나씩 켜들고
더없이 낮고 약하게 흘러라

거울 속으로

걸어서 거울 속으로 들어간다
젖은 걸레로 쓰윽 쓱 닦아낸 얼굴을 만난다
너덜너덜 헤어지고 닳아버린 걸레자국을
더 깊이 들어가면 시커멓게 화염에 그슬린 화석이
하나
먼 옛날 원시인이었을 내 얼굴이 그랬을까
지구를 들어 올린 삼손처럼 머리보다 굵고 억센 팔
과 다리
나는 하체가 유난히 강조된 침팬지를 너무 많이 닮
았다

언제부터였을까,
거울에 얼굴을 비춰보는 고정관념

누군가 잠 속을 들여다본다
꿈속에서 겨우 팬티를 적셔본 적 밖에 없는
동정을 아는 여인은 내가 동정을 체념하듯 내어주는

순간을

어디쯤에서 훔쳐보았을까

정말 극악한 그리움에 사무쳐

나의 꿈을 엿본 여인이 있기나 했을까

있어도 세상이 바뀌지는 않았겠지만

떡갈나무 잎으로 가린 내 치부는

치부였기에 덮어도 늘 불안했다

반질반질 반짝이는 거울을 닮지 않은 축축한 거울

속에

오늘도 나는 그립다 축축하다

단어 두 개를 적어 놓고 꿈밖으로 걸어 나온다

시

그게 벗이든
그게 연인이든
그게 집나간 네로든
그게 잃어버린 스마트폰이든

그게 누구든 뭐든
같이 놀아줄 상대가 없을 때
대상의 부재가 끝내 시큰하게 가슴에 저며 올 때
그 순간에 너를 찾았다
선물처럼 세상에 태어났지만 받기만 하고 선물을
주지 못한
쉰내 나도록 무두질된 세월을

아직도
나는 말랑하게 덜 굳어진 알집이다

너는 내 알집속의 감성을 어루만지는

모성의 체온

뛰는 심장박동이 만든 바람에 같이 불어줄 바람이
라도
한 줄의 시가 되어
살랑거리길 기다렸다

그 순간에
아픔이 꽃으로 피어난다는 것을
너로 인해 깨달았으므로

달팽이

야심한 밤에
달팽이 한마리가
예리한 면도날 위를 기어가고 있었어

숨이 멎는 줄 알았지
조바심의 전율 속에서 한쪽 심장이 베어나가는 아픔을
지켜보았어
정말 지랄 같은 세상이었지

하지만
달팽이는 조금도 상처를 입지 않았고
나는 심장만 못살게 굴었던가봐

달팽이가 말했어
먹이를 찾아 돌아다녔을 뿐입니다
그래서 나도 말했지
내 간은 이미 떨어졌단다

달팽이가 다시 말하더군

아아, 난 이미 떨어질 간도 없는 걸요

떠돌이의 섬

그래
잠들지 않는 열망은 나를
어느 곳에도 머물지 않는
떠돌이로 만들었다

시리고 아픈 기억들
옷섶 깊이 묻어두고
순례 끝 지친 발걸음은
강가에
한 점 외로운 섬으로 앉았다

흔들리는 섬
밤새워 그대 향한 내홍內訌을 앓다가
어지럼증에 쓰러지기도
자주 몸살을 앓기도 했다

애가 끓어도

눈이 젖으면 젖는 대로
바람 따라 흔들리고 숨바꼭질을 했다

새벽까지
설친 나의 잠 나의 발걸음은
떠나도 늘 떠난 것 같지 않았다

낮익은 바람소리

아픈 것들은

목소리조차 작다

목청껏 힘을 주어 외쳐도

모기소리처럼 자꾸 안으로 기어든다

낮게 기어들면서

모래밭에 뒹구는 돌멩이까지 들쑤시고

사시사철 강둑에 선 나무마저 잠을 깨우고

젖 먹던 힘으로 고래고래 외친다

그것도 한풀 꺾이면 온몸을 부등켜 안고

해묵은 상처를 헹구다가

주춤 주춤 어둠 밖으로 걸어 나와

강 마을에 호젓이 모여 춤판을 벌인다

아주 낮은 소리로 합창을 한다

우우우

우우우

바람의 길

바람이
길을 묻고 간 자리엔
밤마다 안개꽃이 피고
찔레 향기 가득했습니다

그대 향해
가는 길이
험하고 고단해도
떼어놓는 발자국마다
고이는 그리움으로
휘청거리는 아픔을 버티어 냈습니다

바람이
길을 묻고 간 자리엔
밤마다 안개꽃이 피고
그대 향기 가득했습니다

서성이던 자리

이곳이 바로
그대와 내가 서성이던 자리

먼 곳이거나 가까운 곳이거나
그대 향한 마음에 거리가 있겠습니까
그 강가
바람 불고 눈발 날리는 날이면
주체하지 못하고 눈길이 자주 가는 것을
지금도 어쩌지 못합니다
봄여름 가을 겨울
씨줄 날줄로 엮어 강물은 흘러가도
바람은 남고
강물에 비치던 그대 머릿결의 흔들림조차
간 곳이 없습니다
그대는 가고 내가 남은 강
무량하게 성긴 억새풀만이 서걱입니다
행여 내가 비운 날에

다녀가면 어쩌나 발길 쉬 돌리지도 못합니다
그대와 내가 서성이던 자리
그대 발자국조차 남지 않으니
언제나 나의 서성임 멈출 날이 오려는가

마장저수지에 가면 1

기산리에 가면
골짜기 흐르는 물을 가둬놓은
산만큼 깊은 저수지가 있다

이슬 한 방울 비 한 방울 떨어지면
산비탈에 늘어선 나무 잎을 타고
다시 계곡을 타고 흘러
큰 저수지를 만들었는데
나도 그 나무들 중에 하나
산은 도도하게 팔짱을 끼고
한 자리에 서 있다
그 산이 미워, 산을 버리고
울컥할 때 찾아 가고 싶은

기산리에 가면
나 대신에
홀로 울지 못하는 바람들이 모여

하소연도 넋두리도 하고 싶다고 아우성이다
무엇이 그리 가슴에 맺혔는지
사랑은 식고 미움만 남아
가둬놓은 가슴 풀어 헤치고
울음을 쏟아 내고 싶다고 한다

마장 저수지에 가면
이슬 한 방울 비 한 방울
고인 저수지에
눈물을 만나고 싶다고 한다

마장저수지에 가면 2

기산리에
가을이 오면
마장저수지는
매미의 날개처럼
진동막을 울리는
소리바다가 된다

눈물처럼
바닥까지 훤히 내비치는
마장저수지
억새가 지휘봉 휘젓고
물오리 찰방찰방
첼로의 낮은 콘트라베이스로
눈물의 바다가 된다

생명 틔우기

잎도 뿌리도 없이
덩그러니 몸뚱이만 남았다

한때는 긴 잎 드리우고 허공을 더듬던 난초
초록 바람 더불어 하늘거리며 춤을 추었는데
한 달 가까이 신열을 앓고 나더니
잎과 뿌리를 모두 잃고 벌브만 남겨지고서야
안으로 훌쩍 성장한 자아를 깨달았다
다시금 찬란한 환생을 꿈꾸리라
깊이 잠든 생명 기적처럼 싹 틔우리라
꿈꾸는 벌브 위해 애면글면
온도와 습도를 맞춰준다

잎도 뿌리도 없이 벌브만 남은 난초
팔 다리 없는
기형아도 사람이다

초의 여인

풀인 줄 알았더니
형형색색 의상으로 몸단장을 한
아름다운 초의草衣 여인
아픈 가시덩굴에 갇혀서도
굽히지 않고
수줍은 듯 다소곳이
고개 숙인 초록 한 촉
살랑살랑 바람결에
춤을 춘다

바람은 단지 허울일 뿐
뼛속 깊이 돌아 나온 유전자
뉘라서 감히
춤추고 싶은 그녀를 억압할 것인가
애처로운 무희의 독무
보다 못해 얼른 달려가
바람을 밀어내고

초의 여인과 듀엣이 춘다

제2부

남자의 하늘

적막한 하늘을
홀로 바라본다는 것

눈이 부시게 푸른 가을
볼수록 먹먹해지는 하늘을
쓸쓸한 남자가 혼자 바라보는 순간은 위태하다

온몸의 여리고 미세한 기관들이
하늘을 향해 일제히 끌어안으려고 발기했을 때
내가 시를 쓰고 싶은 순간은
바로 그 때이다

가슴에 쌓인 열정을 분출하고 싶어서
육신의 문들이 부지런히 여닫히는 순간
기다려도 좀처럼 오지 않던
시가 내게로 오는 순간은
바로 그 때이다

적막한 하늘을 배경으로

칠하다 만 수채화 같은 시를

저녁노을에 비켜 걸린 조각구름에 올려놓는다

견성見性

어둠 속으로
뻗어 가는 외가닥 뿌리
그대를 찾아가는 길은
고단하고 고달픈 길
그대를 만나기 위해 지구를
수십만 번도 더 돌고 돌았다
그대는 세상에 있지 않고
그대는 하늘에도 있지 않고
그대는 나의 밖에 있지 않았다
끝없는 어둠 속으로
수직하강한 곳
마침내 그대를 만나서
두 뺨에
용암 같은 눈물이 흘렀다
침묵 속에서
눈물꽃이 피어났다

무심꽃

문은 굳게 잠겼지만
안으로는 열렸다
석 달 안거 위법망구 묵언수행에
핀 꽃 한 송이
색도 향도 모양도 느낌도 없다
무심꽃

누가 피웠는지, 누가 이름 지었는지
안거 끝나 굳게 잠긴 문고리 풀고
꽃 한 송이 만행을 나서는데
흐르면 흐르는 대로
꽃이 피면 피고 지는 대로
옮기는 걸음마다 꽃향기 묻어난다

히말라야

만년을
눈과 바람과
더불어 살아왔다

헤살 대는
희로애락에도
흔들림 없이
반듯하게 앉아서
돌로 굳어 버린
히말라야

노래하고 싶으면
바람을 일으키고
춤추고 싶으면
눈보라 날렸다

새

앉았다
날아간 자리
바람 일고
새알 하나
놓였다

내가
앉았다
떠나온
그 자리엔
무엇이 놓일까

소나무

잘난 사람 통장엔
자고 나면
동그라미가 새끼를 치고
잘난 사람 지나간 자리엔
빵 한 쪼가리 남아 있지 않았다
큰 나무 덕은 못 봐도
큰 사람 덕은 본다는 속담도
옛 노래
강팍한 바위 틈바구니에
등 구부러지고 뿌리째 드러난
소나무 한 그루
온 산을 끌어안고 서 있다

개미

1.

개미가 아이스크림에 풍덩 빠져버린 날
사탕수수와 토종꿀을 넣어 얼린
아이스크림 속으로
깊이, 더 깊이
자꾸 빨려 들어가도 벗어나려고
발버둥치지 않는다

질퍽한 구멍 속에서
피부를 문지르는 꽃잎들의 떨림에
몸 전체로 버둥거릴 뿐

2.

구름 위에 올라타고 황홀감에 취해 놀다가
오줌싸개처럼 물 위를 껑충껑충 걸어 다니다가
개미는 그곳이 무덤인 줄 모른다

아픔

한 석 달 열흘쯤
앓고 나면
꽃으로 피어날까

한 석 달 열흘쯤
까치둥지처럼 헝클어진 머리
말쑥이 빗질하고
집을 나서면
발자국에 묻어나는 향기

그리움으로
뼈 속까지 깊게 아팠던 고통만큼
향기 되어
꽃으로 피어날 수 있을까

바닥론

추락할 바닥이
더 이상 없다
삶이 무거워서 굴러 떨어진
곰팡이 피는 냉랭한 바닥에 누워
추락할 바닥이 더 이상 없다고
멍한 가슴 쓸어내리면서
까치발 하고 허공 향해 손을 휘젓는다
수렁에 빠져 바둥대는 사람들
같은 시대에서 등 떠밀린, 나와 또 다른
야윈 팔과 다리들

떨어질 바닥이
더 없으므로
롤러코스터 타고
바닥을 칠 때 그랬듯
하늘을 바라보는 낙오자들
그것이 정말 가능한 일이기나 할까

정말 그것을 꿈꾸어도 괜찮은 것이기나 할까

세상 누구에게도
민폐 끼치지 않았다
누구에게도 발목 잡힐 일 하지 않았으므로
굴러 떨어질 바닥은 더 이상 없다,
그렇게라도 스스로를 다독이지 않으면
매달릴 지푸라기가 없다
그것이 하늘바래기래도 괜찮다
나의 추락을 아무도 대신해주지 않는다
바람이 분다

삶

까치발을 하고
발레리나처럼 조심조심
개울을 건너다가
발바닥에 밟히는
뭉클한
모래무지

악,
시청 앞에서도
밟히는
뭉클
외마디소리

인연

어둠 속에서
번뇌 속에서
나는 태어났다
너와 내가 만나기 전에

삶 속에서
빛 속에서
너를 생각했다
빛이 사라지기 전에
너와 내가 빛으로 현현하기 전에

사랑의 이름으로
산처럼 쌓인 업장 녹여
녹아내리기를 발원했다
녹아내리면서
사랑으로
꽃 피어나기를 꿈꾸었다

관계

모두가 무리지어 살아갈 때
나는 외톨이였다
모두가 먹이와 짝을 찾아 떠날 때
밤하늘의 초승달을 바라보며
나는 빈 들판에 주저앉아 상처를 핥았다
힘센 놈이 살아남는 정글 속에서
나도 한 때는 갈기 세우고
포효하던 때가 있었지
지금은 이빨 빠지고 병든 맹수
무리에 섞이고 싶었으나
그들은 상처 입은 나를 피하고
받아주지 않았다, 내가
무리 속에 섞이지 못했다

풍경 하나

눈물 속에서 바다가
진저리를 친다
수평선 먼 바다에서 태어난
갓난애가 빨간 앵두 두 알을 달랑달랑 흔들면서
하얀 백사장으로 걸어 나온다

걸어 나오는 갓난애 몸뚱이
자꾸 자꾸 커버리더니
앵두를 손에 움켜쥐고 앙 울음을 터트린다
급작스레 일그러지는 자화상

귀를 막으면 바다가 부서진다
지그시 눈 감으면
산산조각으로 부서진
갓난애가 눈물 속에서
소금이 되느라
진저리를 친다

여름의 항복

가을이 여름의 항복을 기꺼이 접수한다
원하지 않아도 가을은 속수무책 진군했다
허락받고 쳐들어가는 침략자가 있으랴

낙엽 석 장이 떨어졌다
막다른 코너까지 몰리고서야
술 냄새 풍기고 밤늦게 낙엽을 밟았다
속내를 숨겼지만 숨이 턱을 막아
몰래 가슴을 눌렀다
여름은 항복하면서도 식은땀을 흘렸다

적자생존은
팔부능선에 도착했다
어림해서 턱걸이를 믿었다
마지막 일 프로를 채우지 못하고
미끄러져서야 여름은
가을이 만만치 않다는 걸 실감했을 것이다

낙타가 바늘구멍을 통과하는
어려움을 알았을 것이다

무쇠의 노래

쇳덩어리가
꽃을 피웠다

그리움에 애가 타서
신열을 앓다가
온몸으로 꽃을 피웠다

잘난 세상에서 등 떠밀리고
잘난 사람들에게 눈총 받고
벽을 쌓고 외토리로
굳어버린 무쇠

쌓인 설음
안으로 깊이 침묵하다
가끔 쓸쓸함이 몸을 짓누르면
새벽 강가에 나가
목젖까지 강물에 헹구고

치미는 오열을 노래했다

사만 번을 접고
또 두드려 맞고서야
망치는 닳고
뿌리까지 시퍼렇게
날을 세운다는 노래
무쇠가 목메게 노래를 했다

백치여
나의 노래여

게임이 없는 엑서사이즈

엑서사이즈였어
이제부터 메인 게임이야
오뉴월 잎사귀처럼 풀이 죽어 돌아서는데
너는 말했지,
죽은 줄 알았다가 운 좋게 살아난 기분이랄까
그 말이 그렇게 반가울 수가 없었어
싱싱한 내 존재는 언제나 가슴 설레었던 거야
마개를 따고 처음 음료수를 마시는 일
바짓가랑이 적시고 푸른 이슬 밭을 걷는 일

몸을 풀려고
잠에서 깨어나지 않은 숲속으로 갔지
안개가 자욱했지, 안개 속에서 숲은 눈을 뜬
오솔길을 걸었지,
이슬 밭을 걷는 일은 딱 한번
한번뿐이라 다짐하고 새벽과 약속을 했어
낯선 새벽을 향해

엑서사이즈는 설렘이 있었지만
그보다 더 스릴 있는 것이 메인 게임이었어
엑서사이즈는 늘 딱 한번 뿐이기 때문이지

벽제에서

그대 떠나보내고 돌아서는 길이
천길 낭떠러지였다
길 하나 건너면 벽제
가깝고도 먼 이승과 저승의 갈림길에 서게 될 줄이야
문득 흐르는 눈물을 닦았다
떠나보낸 그대와 헤어져야 하는 곳이기에

세상살이 고추냉이보다 더 맵다고
입버릇처럼
그대가 넋두리하던 이승

수없이 헤어지고
수없이 엄숙해야 하는 그곳에는
양쪽 도로변에 늘어선 꽃집들도
떠나는 그대 위해 꽃을 피웠다
화사하지는 않게
우울하지도 않게

망자가 이별 길을 떠난
벽제에 비가 내린다

이승에 살 때
꽃 한 송이 주어보지 못한 인색함을
홀로 길을 떠나서야
이제 꽃 한 다발을 갚는다
사시사철 피었다 지는 일 없이도
늘 화사하게 피어 있는
종이꽃 한 다발
나의 어머니 비에 젖느라 지금 묵언중이다

제3부

나를 흔들리게 하는 것들 1

나를 흔들리게 하는 것들은
바람도 지진도 아니고
어느 날 예고 없이 풀잎에서 사라지는 이슬이네
이슬처럼 사라지는 사랑이네

있을 때는 존재를 몰랐다가
그대의 존재가 사라진 뒤 썰렁한 빈자리

그대가 떠나고
아무짝에도 쓸모없는 고독과 절망만을 남겨놓았을 때
썰물이 빠져나간 갯바닥은 허옇게 염전으로 바뀌고
나는 옆걸음질로 서성이는 한 마리 게가 되어
집게를 벌리고 그대를 기다렸네
주변을 두리번거렸으나
잡히는 건 바람뿐이네

나를 흔들리게 하는 것들 2

웬만한 바람과 지진에도 끄떡하지 않는 나인데
오늘은 촛불 하나에도 흔들리네
촛불 하나에는 작게 흔들리고
촛불 여러 개에는 여러 번 더 크게 흔들리네
어둠속 알 수 없는 비명 소리에도 흔들리지 않는
나인데
오늘은 풀잎처럼 어린 학생의 작은 외침에는 흔들리네
바람이라면 막아줄 벽으로 피하면 그만이지만
내가 어른이라면 어린 학생의 외침을 멈추게 할 수
도 있겠지만
나마저 흔들리니
나를 흔들어놓는 것들은 피할 장소도 없네

칸나

칸나는 붉게 피어
가을을 전하는데
지금 당신이 있는 곳은
어느 하늘 아래
무슨 꽃이 피었습니까
혹시 가던 길가에
쑥부쟁이라도 피었습니까
아니면 가던 발걸음 멈추고
물빛 빈 하늘을 바라보십니까
또 혹시 아니면 계절이 바뀐 줄도 모르고
허리띠 조이느라
가파른 생을 넘고 있지나 않습니까
칸나가 붉게 필 때면
덧없는 그리움으로 가슴이 벅차오르니
그때에 칸나를 보듯 나를 생각하소서

한순간

당신을 떠나보낸 뒤에야
꽃을 바라보았습니다
당신이 내 곁에 있을 때에는
차마 꽃을 마주 바라볼 수가 없었습니다
당신이 행여 시기할 것이 마음에 걸려서가 아닙니다
눈이 부셔서 온전히 바라볼 수 없는 꽃
그것이 바로 당신이었기 때문입니다
당신이 떠난 후에야
당신이 비운 자리에 가지런히 놓인
꽃을 바라보았습니다

꽃을 감상하기 위해서가 아닙니다
당신이 내 곁을 떠나기 전에는
꽃을 가까이 둘 생각조차 하지 못했습니다
아무리 예쁜 꽃이라도
살아있는 생명보다 더 사랑스럽고 아름다운 존재가
없었기 때문입니다

꽃이 아름답지 않아서가 아닙니다
눈에 들어도 아프지 않은 한 송이의 꽃
당신은 늘 저승에서 되돌아온 기적을 보는 듯했습니다
가슴 아픈 사람의 상처를 어루만져주는 꽃
꽃이 피는 것은 한순간
꽃이 지는 것도 한순간
당신을 떠나보낸 뒤에야
꽃을 곁에 두었습니다

덧없습니다

무엇으로 갚아야할지
무엇으로도 갚을 길 없는
하늘처럼 무량한 공간에서
돋아나고 솟아나고 다시금 푸르고 푸르게도
기적처럼 만월처럼 대지를 빼꼭 채우고
그들먹하게 자란 그것들을
몽땅 내어주고도 성이 차지 않는
당신의 사랑을 무엇으로 갚아야 할지
무엇으로도 갚을 길이 없습니다
귀가 먹먹하도록 한바탕 극악하게 울어 제끼던
건너편 무논의 개구리 울음이 멈춘 뒤
사위가 먹먹해지기를 기다렸다가
당신이 떠난 후에야
받기만 하고 갚지 못한 숙맥 같은 나의 어리석음에
한밤 내 목 놓아 울고픈 차례를 기다렸습니다
개구리 울음은 나 아닌 다른 사람이 들어도 좋지만
내 울음은 당신이 아닌 아무도 들으면 안 되겠기에

나는 깊은 자정만을 골라서 이렇게 숨죽여 웁니다
안개처럼 스멀스멀 피어나는 밤꽃향기
고요 속에서 더욱 그윽합니다
나의 울음 참으로 덧없습니다

새벽기도

매일 새벽
잠자리에서 일어나면
지은 죄 씻느라 죽음을 연습한다
내가 만일 죽은 뒤
바람처럼 흔적 없이 사라진다면
너무 안타까운 일

한줄기 빛으로 태어나
세상 구석마다 쌓인 어둠
말끔히 걷어내고
벌레 먹고 병든 나무들에게도
빛 한 주먹씩 나눠주어
아름다운 꽃으로 피어나게
기도할 것이다

한 세상 그렇게
살다 가는 것도 축복받은 일

내가 만일 죽어서
이처럼 푸르고 싱싱한 사월 아침에
지은 죄 씻을 수만 있다면
사람으로 다시 태어날 수 있다면

구절초 꽃

시월도 어스름
구절초 핀 들길을
따라 걸으면
먼저 이 길 따라
이승 떠나신
어머니의 풀 먹인
무명 저고리
눈앞에 어른거린다

무명 저고리 앞가슴에
하얗게 꽂힌
서리 맞은
한 송이의 구절초 꽃
꺾어다가
달빛 아래 놓았다가
머리 얹고 기대어
잠이 든다

욕망

배 터지게
삼겹살에 소주 얻어 마시고도
아직도 배가 덜 찼는지
먹을 것이 또 없나
주위를 두리번거리는 욕구

어느 날
마침내 찾아내었다
프레스 작업하다가
잘려나간 가로수 나뭇가지처럼
두 손을 잃고 손 대신에
집게손을 단 그것

손 하나로도 부족해서
손 하나를 더 달았다

우울한 봄

앙상한 나뭇가지들 쉬지 않고
앞 다투며 물을 길어 올리는데
산모롱이 돌아
그리움을 마중나선 나의 발걸음은
춘삼월이 와도
솟아오르는 그리움을 만나지 못하고

첼로의 구부러진 활처럼
등이 굽어
마른 나뭇가지처럼 우울한 저음으로
바람소리를 낸다

간통

제집 밭에도
참외가 먹음직스럽게 잘 익어 가는데
남의 참외밭에 군침을 흘리는
머리에 피도 안 마른 꼬마 녀석
벌써부터 싹수가 노래서
바람이 났다, 밭고랑을 지나다가
툭, 참외 하나가 발길에 채여 굴러 떨어지자
어린 신부 몰래
잘 익은 참외 하나를 덥석 깨어 문다

야생화

아파보니 알겠더라
베란다에서 신음하는 야생화
산으로 돌아가고 싶어서
온몸을 다해
자라목을 뽑아내고 있다

야생화 왜 자꾸 산으로
돌아가고 싶어 하는지
여린 뿌리로
왜 드넓은 산을 끌어안으려고 하는지
아파보지 않았을 때는 몰랐었다
베란다에선 왜
야생화 그의 사랑이 질박하게
꽃피우지 못하는지
아파보지 않은 것들은 모를 것이다
야생화 그 곡진한 사랑의
몸짓을

꽃을 위한 변명

오죽했으면
부끄럽고 낯 뜨거운
속살을 열었겠습니까

오죽했으면
벌건 대낮을
송두리째 보였겠습니까

죄 많은 벌거숭이
부끄러워
망연자실 실어증을 앓고 있는
한 송이 꽃

참담한 내부를
작심하고 열어 보인

타는 마음

형용사 몇 개로
변명과 시치미 떼고
농락한다면

목숨 걸고 피워낸 꽃
앙 다물고
차라리 꽃잎을 접겠습니다

파랑새를 기다리며

내가 요술을 부릴 수 있다면
파랑새를 꿈꾸는
가난한 사람들에게
한 마리 파랑새 되어 날아갈 텐데

내가 요술을 부릴 수 있다면
병상에 누워 회복을 바라는
말기 환자들에게
한 마리 파랑새 되어
노래를 불러 줄 텐데

누구나 요술을 부릴 수만 있다면
가난한 사람들은
외로운 나에게
파랑새 되어 날아와
외롭지 않게 살아가는 법을
가르쳐 줄지도 모를 텐데

파랑새를 꿈꾸는 사람들은

지금도 도처에서

세상을 향해 거미줄 같은 손을 내저으며

파랑새가 날아오기를 기다리며

기도하고 있으니

내가 요술을 부릴 수만 있다면

한 마리 파랑새 되어

그들에게 날아갈 텐데

술에 대한 랩 버전

혼자 술을 마셨어
한잔 술에 취해
갈 짓자 걸음으로 비틀거렸어
아무도 동무해 마시지 않았지만
빌딩이 비틀거리고 삭막한 거리의 전신주와 가로
수까지
나와 함께 춤추듯 비틀거리는 게 좋았어
아무도 아무것도
내게 술을 마시게 하진 않았어
모두가 엄숙하게 살아가는데
술에 취해서 나와 또 풍경이 함께
비틀거리는 게 그냥 좋았어
아무도 아무것도 비틀거리지 않는
엄숙한 세상이 싫었어
세상은 혼자 살아가는 거라지만
홀로 우거지상을 하고 살아가는 게 싫었어

혼자 술을 마셨어

2차까지 갔어

비로소 나의 비틀거리는 속살이 드러났지

술의 힘을 빌리지 않았더라면

절대로 드러나지 않았을 내 속살은 아름다웠어

아름다운 나의 마블링 겹겹이

너의 존재가 살아있는 걸 실감하는 것 같았어

비틀거리는 빌딩과 삭막한 거리의 전신주와 가로수들

세상의 모든 풍경들이 아름다웠어

그래서 나는 혼자라도 외롭지 않았어

취하지 않았더라면 영원히 과거 속에 묻혀버렸을

사랑한다는 말

내 영혼 속에 깊이 살아있는 너에게

술김에 용감하게 고백할 수 있었어

산수유 꽃

아, 부끄러워라
산수유 마을의 늙은 산수유
앳된 꽃 무더기로
아름답게 피어나는데

예순 넘도록
한 가닥 바람 같은 생존 위해
짐승처럼 살아왔구나

저들의 신음소리에 귀 막고 눈 감고
살아온 누더기

산수유 마을의 늙은 산수유
앳된 꽃 무더기로
아름답게 피어나는데
나는 참
꽃으로 피어나지 않는구나

뭇매

해질녘
연기처럼 피어오르는 쓸쓸함에
강가의 물안개처럼 스멀스멀 휘감아오는 그리움에
허기 들어 나는 뭇매를 맞았다

그리움이 어디
해질녘의 허기처럼 휘감아오기만 하더냐
장경사 법당 뒤 능소화 덩굴 잎새와 뿌리
목탁 소리에 저리도 치렁하게 얽히고설켜
이승과 저승의 경계까지 허락 없이 무시로 들춰내
한 여름 피처럼 붉게 꽃으로 피는 일
무명초 날려 버린 비구니의 정수리에서
파랗게 빛나는 햇빛 한 움큼
발칙하게 꽃으로 피어
그 향기 자디잘게 몸을 썰고 몸을 낮추어
가뭇없이 스며드는 일

그리움이 어디
안개처럼 휘감아오기만 하더냐
환장할 그리움에 뭇매 맞아
뿌리째 쓰러지게 하는 걸

제4부

소심

합천 백역리 쯤의 산골짜기에서
한 포기의 풀로 태어나
배낭 속에 넣어져서
이름도 모르는 아비 따라 3백여 킬로
도시로 올라온
소심

온 세상 팍팍하게 메마르고
칼바람 얼얼하게
빌딩숲 휘돌아 갈 때
도시의 붉고 성난 가시덤불 속에서
파랗게 질려 떨고 있는
너를 보았다

더러운 세상
더러운 절벽에서도
너는 티 한 점 없는 빛으로

집착과 욕망을 내려놓은 사람만이
너를 꽃으로 피울 수 있는
소심
너를 사랑하기엔
난 아직 멀었다

아무나 쉬 범접하지 못하는 너
이것이 너를 사랑할 수밖에 없는 이유

간 고등어

한때
야망을 품은 사내들은
도시로 올라가
헛물을 들이키고
소금에 절인 간 고등어로 변했다

도시는 서해바다 쯤의 염전
어둠이 내리는 귀가 길은
지친 발걸음으로
서로의 간 고등어를
확인하는 시간
사내들은 꿈을 꾸면서도
바다 속에서 진저리를 치고
온몸의 세포들이
결정되어
굳어가는 것을 느꼈다

사찰 가는 길

사는 일이
죄 짓는 일이다
죄 안 짓고
사는 삶이 있으랴
나 같은 잡초에겐
어울리지 않는다
지구 밖으로 아득히
추락하는 일이다

추락하느니
죄 짓고 차라리
이승에 살아도 좋다
고만큼 죄 짓고 차라리
고만큼 죄 씻으러
오늘도 나는
사찰을 찾아 간다

일주문 앞에서

일주문 앞에서
우두커니
산마루에 갈마드는 하늘을 본다
하늘은 바다처럼 깊고
안개처럼 두껍다
어둠을 밀어내고 다가서는 산자락에
가만 가만 들어서는 먼동

먼동처럼
어둠처럼
가만히 볼을 비비는 초발심이
두꺼운 어둠의 빗장을 벗긴다
서원이 과연
감추어진 질곡의 누더기를 들춰낼 수 있을까
깊이 잠든 관성을 깨울 수가 있을까

장경사 붉은 목어

밤새 뜬눈으로 시퍼런 비늘을 뒤척이는데
풍경은 천 년의 침묵을 깨우고
부처님 손끝에서 빛이 되어 솟는다

깨달은 자 깨달음을 얻으려는 자들이
서성이는 문
사바세계의 온갖 누더기들을 내려놓아야
이를 수 있는 통과의례이다
석 달 열흘을 하루 같이 열려라
발원 들고 나는 문

일주문 들어서면
새삼스레 또 다시 가을이 찾아와
법당 뒤 도토리 떨어지는 소리
어둠을 밀어내고 있다

그 녘에도

그 녘에도
구파발에서
고향 떠난 고양동에서
번뇌 한 짐씩 짊어지고
허리가 휘도록 노고한 중생들
노고산을 오릅니다

그 녘에도
낙엽은 속절없이 나부끼어
온 산이 가랑잎으로 눈앞을 가립니다
업장이 쌓여 산이 되지는 않았겠지만
노고산 산만한 업장이
이생의 길목을 가로막고 있습니다

언감생심 해탈과 성불은 바라지 않으오니
한 조각 낙엽 같은 이 한 몸
무량수불님이시어

원하옵건대
산처럼 쌓인 업장 녹여내듯
무명한 탐진치의 욕계에서 구제하시어
향기로운 꽃으로
태어나게 하소서

그 녘에도
구파발에서, 고향 떠난 고양리에서
번뇌 한 짐씩 짊어지고
새우등을 하고 노고산을 오릅니다

합장

앉은뱅이책상이 있고
두 손을 합장한 액자가 벽에 붙어있다
액자 속 사진을 볼 때마다
어린 시절
빨리 어른이 되고 싶어 기도했다
어른이 되면
긴 포물선을 따라 시위 떠난 꿈들이
손으로도 만져질 듯했다
가슴 속 가득히 채워지리라 믿었다
탐욕과 명예 허접쓰레기들
세상의 칙칙한 것들이 엄습했다
꿈꾸기 위해서
이젠 어른이 되고픈 꿈을 꾸지 않는다
어른이 되어서야 알았다
두 손을 합장한 액자 속 사진이
가슴 가득 핀 곰팡이를
말끔히 씻어내기 위한 합장이었음을

옛 강

그 강이
왜 시퍼렇게 흐르는지를
아무도 알지 못합니다

그 강이
왜 그렇게 늘 보라색이나
초록색 빨강색으로
흐르지 않는지를
아무도 알지 못합니다

두 줄기로 흐르다가
한 줄기로 뒤섞이며 강은 흘렀지만
때때로 청둥오리 몇 마리 날아와
물살을 일으키다 사라지는 외에
아무도 찾아오지 않았습니다

한때는 조팝나무

조팝 조팝 꽃 피우고
강물도 출렁이며 넘쳐서 흘렀는데
지금은 왜 그렇게
깊이 시퍼렇게 멍이 들어 흐르는지
아무도 알지 못합니다

둘이 아닌 홀로 서서
빈 강을 바라보는
이 몸 역시 가슴이 시퍼렇게
멍이 들었습니다.

연말 풍경

연말이면
아들딸 내외가 새끼들을 앞세우고
늙은이 둘만 사는 집에 찾아온다
썰렁한 집안은 갑자기 왁자지껄
온기가 돌고 사람 사는 집으로 바뀐다
제법 근사한 식당에서 외식을 하고
따끈한 커피까지 한잔씩 얻어 마신다
유독 추위를 타는 사람들이
눈앞에 스친다
한 해가 지나도록 빈손으로
추위에 내던져진 겨울나무 같은 사람들
해가 바뀌기 전에
아이들에게 그들을 문안하자고 제의한다
생뚱맞은 눈으로 고개를 갸우뚱하는 아이들
순간적으로 나는 추위에 떠는 겨울나무가 된다
근사한 식당에서 외식을 안 해도 좋다
아이들이 찾아오지 않았더라면

우리 내외도 지금쯤 헐벗은 겨울나무처럼

추위에 떨고 서있을 것이다

9시 반 뉴스를 보다가

90세가 넘은 재벌그룹 회장은 알츠하이머 초기증
상을 보였다
지하 깊은 곳에서 마그마처럼 솟아오른 판단력장애는
자신을 찾아온 아들조차 알아보지 못하게 했다
9시 반 뉴스를 보다가
결혼 후 처음으로 아내와 10만 원씩 걸고 내기라는
것을 했다
뉴스를 진행하는 앵커는 오래 전에 하숙생을 부른
가수와 동명이인이었다,
바로 그 사람이냐 아니냐는 문제를 놓고 벌인 내기
알츠하이머 환자와 부친 자리를 탐하는 아들과의
재산싸움에서 승자는 누구일까
앵커는 가수 이름과 똑같은 최희준이었는데
뉴스에 들어가기 전에 꼭 거수경례로 대한민국 국
민 여러분 안녕하십니까?
독특한 인사로 시작했기에 누구에게나 깊은 인상을
주는 앵커였다

그런데 오늘은 그 앵커 공교롭게도 여름휴가를 갔는지
낮방송에 나오던 엄성섭 앵커가 대신 뉴스를 진행했다
난 아니오 에, 아내는 맞아요 저엉말, 하고
낯빛 하나 바꾸지 않고 윽박지르듯 말한다
10만 원 내놔요 어서, 승자인 양
희색이 만면한 아내의 호언장담에 나는 깜짝 놀란다
매사에 용의주도한 아내가 이렇게 심각한 착각을
하다니
내가 왜 이러지,
뒤늦게야 알츠하이머에 걸린 회장은 자신이 착각한
사실조차 깨닫지 못한다
내기에서 이겼다고 득의양양했지만
아내 역시 알츠하이머 초기증상이 아닐까,
나는 내기에서 이겼어도 이미 승자가 아니었다
쿵 !
심장 하나 떨어지는 울림이 가슴을 흔들었다

13월

빛이 안 보이는 날은
아예 지워버리고 싶다
날도 마음도 어두운 날
일 년 열두 달 중에서
한 달이 더 있는 달력을 만들었다

죄 없이 막막한 하늘조차
원망하고 싶은 날이면
13월에 살아있다고 생각했다

달력에 없는 나의 13월은
포기하고 싶을 때마다
어머니한테 되돌아가
새로 태어나길 기다리는 갓난애였다

딸에게

딸아

너는 한 송이의 갓 피어난 목련꽃

하얀 면사포 속에 감싸인 너의 모습은

그 어느 때보다도 아름다운 천사였다

어느새 30년이 이렇게 훌쩍 흘러갔구나

그 어느 한 순간도 너와 함께 오늘처럼 공감했던 일이 없었지

아마도 처음이자 마지막이었으리라 너도 동의하겠지

너와 아빠는 그만큼 각자 다른 세상을 살아온 셈이 아니겠니

다른 부녀들도 마찬가지겠지만

너의 존재는 아빠에겐 눈에 넣어도 아프지 않은 딸이다

워낙 속내를 잘 표현하지 못하는 시대에 살아와 그런지

아빠는 마음에 있어도 늘 가슴속으로만 전전긍긍할 뿐

다정하고 자상한 아빠가 되지 못했었음을 이해해다오

사랑한다는 표현마저 내놓고 하지 못하는 숫기 없는

아빠
엄마 뱃속에서 핏덩이로 태어나 나무처럼 무럭무럭 성장하는 순간까지
매순간마다 기적과도 같은 감동 아닌 순간이 있었겠나마는
그것들을 아직도 아빠는 기억 속에 차곡차곡 간직하고 있단다
어느새 너에게도 사랑하는 남자가 생겨 혼사를 치르게 되었구나
네가 아빠 곁을 떠나게 되니까
너 역시 감정이 북 받힌 모양이겠지
이제 행복한 길을 가기 위해 아빠 곁을 떠나게 되었으니 아빠가 이승을 떠나서도 항상 네 곁에 있다는 것을 잊지 말아다오
부디 예쁘게 잘 살아다오
사랑하는 내 딸아

명상

오늘도 나는
빈손으로
길 위에 서 있다

가진 것은 오직
잃어버린 마음 하나
찾아서 주워 담을
걸망 하나

빈손으로
마음 하나 달랑
앞세우고
길을 나선다

빈 산

그대는 서쪽
나는 동쪽의 이름 모를 나무로
마주 보고 서서
꽃이 피면
바람결에 향기 실어 보내고
달이 차면
빈산의 구름처럼 흘러가리라

등이 휘게
삶이 무거울 때면
그대 거기 있음에 안도하고
해질녘 새들의 구슬픈 지저귐
저녁노을보다 붉게 울어도 좋아라

그대는 서쪽에
나는 동쪽에 마주 하고 서서
가까이 다가갈 수 없는 인연이라면

세월

아름다운 꽃송이에만
눈길을 주던 때가 있었다
보잘것없이 초라한 꽃에게도
(그것들도 간절한 소망으로 꽃피웠으니)
눈길을 보내는 걸 보니
이젠 자연이 내 안으로 깊이
들어 왔나 보다

인생

어디가 끝인지
알 수 없는 길을 나섭니다
안내 표지판도 없습니다
때로는 평탄한 길도 있지만
오르막길 내리막길
때로는 험하고 축축이 젖은 길
가시덩굴에 막힌 길 돌밭 길 진흙 길
빙판길도 있습니다
길을 가다가 가끔 길옆에 핀 들꽃과 들짐승
햇빛과 바람과 비와 폭설을 만나기도 합니다
길이 끝나는 곳에서
나는 다시 새 길을 내고 걸어갑니다
그 길은 애오라지 외롭고 쓸쓸한 외길

나무에게

꽃잎 떨어진 자리
아픈 상처 하나 열렸다
당신 떠난 빈자리엔
밤새 잠들지 않는
하얀 억새바람 서걱대었지
끝내 화해되지 않는 가슴이
서릿발 같은 각자의 몫을 차지하고
가지에 걸린 조각달마저
근접할 수 없는 곳으로 떠나갔지
구부러지고 차라리 휘지나 않았더라면
지팡이 하나 되었을지도 몰랐을 텐데
꼿꼿이 버틴 대나무 고절이 부러울 때
돌아서서 속앓이하던 당신
안으로 애꿎은 옹이로만 굳어갔구나
아픔 내색하지 않고 마다하지 않는 당신이기에
외면하지 못했는지 모른다
우리의 발걸음 기껏 백수도 못 채우는 찰나인데

잎 지고 열매마저 떨구고 나면
두고 갈 한이나 한 움큼 걷어가게

하이에나

대낮에도 하얀 조각달이 걸린
아프리카 사하라
굶주림으로 하늘 향해
사납게 울부짖었을 하이에나를
한때 내 안에서 발견하기는
그렇게 어렵지 않은 일이었네

굶주림을 채우기 위해
짐승의 부패한 시체까지
막무가내로 먹어치우다가
하이에나
사막을 벗어나고 싶었네

괴물

아무도 괴물임을 인정하지 않았다
아무도 괴물임을 인정하지 않았다
아무도 괴물임을 인정하지 않았다

촛불 켜다

정말심 (시인)

살아오는 동안 어디선가, 언제였던가 문득 날아든 생각의 씨앗들이 시인의 품에서 오래 세월을 묵히며 시로 발아했다.

흔하게 보아 오던 것들을 나열하는 것으로 예술을 논할 수는 없다. 울분을 터뜨리고 싶은 충동의 날이나 뜨거운 감격이 휘몰아치는 순간은 물론이거니와 나날의 임계점을 뛰어넘는 촌철살인의 인식들은 일상적인 의식 흐름에 낯선 파문을 일으킨다. 실핏줄까지 투명해야 하고 끊임없이 변화를 모색하며 죽는 순간까지 꿈을 꾸는 사람. 시 쓰는 과정은 평범을 떨쳐내고 새롭게 신세계로 나아가려는 고독한 자기 혁명의 과정이다. 그리고 모든 혁명성에는 낭만이 깃들어 있어 익숙한 곳을 떠나 재출발을 시도하게 하는 힘이 된다.

이종하 시인의 시집은 어둠을 바닥까지 다지고 올라

온 묵언 정진의 향기가 가득하다. 긴 시간 자신이 부딪혀온 세상과 결코 야합하지 않는 빳빳한 날을 가진 투사 같은 면모, 갈팡질팡 갈 짓자 걸음으로 쇠똥구리처럼 가파른 언덕을 뒷발로 몸을 밀어올리는 선머슴애의 하얀 순애보, 그리고 질경이같이 살다 가신 어머니에로 향한 절절한 그리움의 사모곡은 독자에게 부드럽고 아늑한 서정에 오래 머물게 한다. 바람을 이겨내고 하얗게 핀 소금 꽃처럼 간간하고 쓸쓸한 기억들이 시의 행간에서 계속 비늘을 털어내고 있다.

새벽 미명 어둠이 잦아드는 적요의 시간에 비로소 생명은 부스스 깨어난다. 우리를 두렵게 하던 한밤중의 어둠은 어디로 밀려난 것일까. 타자로 인한 그늘이든 나로 인한 어둠이든 삶의 매 순간은 어둠을 밀어내야 한다. 뒤를 돌아보면, 될 수 있는 한 어둠에서 조금이라도 더 멀어지기를 몸부림치던 세월이었다. 다행스럽게도 그동안 세상은 너무 밝아졌다. 인간의 발전된 기술 때문에 밀려난 그만큼의 어둠은 지구상에서 영원히 사라져버렸을까.

어둠은 꼭 부정적인 의미만 있는 것은 아니다. 어둠은 어머니의 자궁 같은 곳이기도 하다. 욕망의 불을

끄고 제대로 어둠에 몸을 담그면 온몸의 세포는 양수 위에 떠 있는 것처럼 평온을 느끼며 새롭게 피어난다. 스스로 선택한 어둠은 고요하게 우리 내면을 밝히는 등불이다.

아파보니 알겠더라 / 베란다에서 신음하는 야생화 / 산으로 돌아가고 싶어서 / 온몸을 다해 / 자라목을 뽑아내고 있다 / 야생화 왜 자꾸 산으로 / 돌아가고 싶어 하는지 / 어린 뿌리로 / 왜 더 넓은 산을 끌어안으려고 하는지 / 아파보지 않았을 때는 몰랐었다.

– 시 「야생화 」부분

또한, 어둠은 결핍의 동의 이음으로 해석된다. 잉게보르크 바하만은 "결핍이 꽃을 아름다움의 꿈 안으로 몰아넣어 준다"고 했다. 결핍의 경험이 없다면 외롭게 소외된 것들의 아픔도 한갓 감정의 소요로 느껴질 것이다. 화분의 흙에 제대로 착지하지 못한 베란다의 가여운 야생화를 보며 약하고 여린 것들의 마음을 다 헤아려보지 못한 기억을 시인은 반성하고 있다.

골목마다 어린 가슴들
꽃 대신에 촛불

하나씩 들고 나와
얼음 녹듯 한데 엉겨 녹아서
강이 되어 흘렀다
빛 앞에 주춤주춤 물러서는 어둠
눈에 보이는 어둠은 어둠이 아니다
눈에 보이는 조국은 너의 조국이 아니다
보이는 것보다 엄청나게 더 큰 어둠이
흔들리는 촛불을 막아선다
굳은 몸으로는 어둠을 이기지 못한다
흔들려도 좋으니
얼음 녹듯 한데 엉겨 녹아서
강처럼 막힘없이 흘러라
보이지 않는 어둠이 네가 가야 할 길
흔들리는 건 너의 서원誓願이 아니다
강물 위에 꽃잎 떠 흐르듯
꽃 대신에 촛불 하나씩 켜들고
더없이 낮고 약하게 흘러라

– 시 「촛불」전문

유난히 촛불 시위가 잦은 암울한 우리의 현대사에 시인은 시 「촛불」로 우리를 선동하며 원천적으로 생명을 위협하는 어두운 세력들을 밀어내려 한다. 얼음 녹듯 한데 엉겨 녹아서 강물처럼 함께 어우러져 꽃 대신 촛불 하나씩 들고 더없이 낮고 약하게 막힘없이 흘러가기란 생각보다 쉽지 않다. 촛불에 걸맞은 희생과 올곧은 정신의 힘 없이는 불가능한 일이다.

어둠 속으로 / 뻗어 가는 외가닥 뿌리 / 그대를 찾아가는 길은 / 고단하고 고달픈 길 / 그대를 만나기 위해 지구를 / 수십만 번도 더 돌고 돌았다 / 그대는 세상에 있지 않고 / 그대는 하늘에도 있지 않고 / 그대는 나의 밖에 있지 않았다 / 끝없는 어둠 속으로 / 수직 하강한 곳 / 마침내 그대를 만나서 / 두 뺨에 / 용암 같은 눈물이 흘렀다 / 침묵 속에서 / 눈물꽃이 피어났다

–시 「견성見性」 전문

시의 주제들을 분석해 보면, 불교에 귀의한 깊은 신앙고백과 존재의 고독감 그리고 어머니를 그리는 마음과 가뭇없이 피어오르는 그리움, 다소곳한 초의 연인 난蘭을 기르며 느끼는 즐거움 등으로 요약할 수 있을 것 같다.

고독감의 해소는 살아있는 자들에게 필연의 과제이리라. '적막한 하늘을 홀로 바라본다' 는 것은 기실 위태로운 상황이다. 하지만 채워도 채워도 소금물처럼 목이 마르기만 하는 관계의 중독' 에서 헤어나는 길은 자족하는 지혜뿐이다. 강가의 물안개처럼 스멀스멀 휘감아오는 환장할 그리움에 허기 들고 뭇매 맞아 뿌리째 쓰러' 질 지경에 이르면 詩는 기꺼이 말랑말랑하게 아직 덜 굳은 심장을 지닌 시인에게로 다가와 친구가 되어주었다.

잘난 세상에서 등 떠밀리고 / 잘난 사람들에게 눈총 받고 / 벽을 쌓고 외톨이로 / 굳어버린 무쇠 / 쌓인 설움 / 안으로 깊이 침묵하다 / 가끔 쓸쓸함이 몸을 짓누르면 / 새벽 강가에 나가 / 목젖까지 강물에 헹구고 / 치미는 오열을 노래했다 / 사만 번을 접고 / 또 두드려 맞고서야 / 망치는 닳고 / 뿌리까지 시퍼렇게 / 날을 세운다는 노래 / 무쇠가 목메게 노래를 했다

– 시 「무쇠의 노래」 부분

무쇠로 칼을 다듬는 과정을 비유로 척박한 시대를 살아온 작가 자신 삶의 한을 여과 없이 풀어냈다. 사만

번을 접고 또 두들겨 맞아 망치 끝이 닳아져도 뿌리까지 시퍼렇게 날을 세우는 투지는 손에 땀을 쥐게 한다. 동시대를 함께 경험한 아픔에 마음 숙연해진다.

매일 새벽
잠자리에서 일어나면
지은 죄 씻느라 죽음을 연습한다
내가 만일 죽은 뒤
바람처럼 흔적 없이 사라진다면
너무 안타까운 일

한 줄기 빛으로 태어나
세상 구석마다 쌓인 어둠
말끔히 걷어내고
벌레 먹고 병든 나무들에게도
빛 한 주먹씩 나눠주어
아름다운 꽃으로 피어나게
기도할 것이다

– 시 「새벽기도」 전문

마지막으로 눈길이 가는 시는 「새벽기도」이다. 삶에

대한 실망감을 이겨내고 깃털보다 더 가벼운 몸짓으로 내세까지 희망을 이어나가며 베풂과 관용의 덕을 유감없이 드러내고 있다. 마치 청정한 연못을 들여다보는 듯한 심경이다. 속물근성으로 치달으며 빠르게 오염되어가는 이 시대에 낮고 여린 곳마다 촛불을 밝혀 들어 나서고 싶었던 작가 필생의 의지가 따뜻한 온기로 전해온다.

안팎으로 혼돈의 때에 시기적절한 이종하 시인의 시집 〈촛불 마을〉의 상재上梓를 축하드린다.

2016년 11월

시집 후기

이종하(시인)

굴절되고 왜곡된 삶을 정화시키고 자정시키려 했다.
새로운 세계를 열어 보이지 못했고 예술적인 영감을 표현하지도 못했다. 어쩌면 지극히 개인적인 내면세계의 자화상이었음을 고백한다.
게으름과 태만에 낯 뜨거웠던 적이 한두 번이 아니다.

2016년 12월

판권
소유

*
촛불마을
*
초판 인쇄일 / 2016년 11월 30일
초판 발행일 / 2016년 12월 10일
*
글 쓴 이 / 이 종 하
펴 낸 이 / 유 인 기
펴 낸 곳 / 도서출판 푸른물결
주 소 / 우 06662 서울 서초대로 30길 23-3
2층 203호
편 집 부 / 2264-1048
팩시밀리 / 2264-1049
E-mail : yikprnml@empas.com
*
등 록 일 / 1992년 7월 31일
등록번호 / 제 2-1415호
*
잘못 만들어진 책은 바꿔 드립니다.
저자와의 협의로 인지는 생략합니다.

*
값 : 8,000원
*
ISBN : 978-89-87962-33-7